¡Clasifícalo!

Por aquí pasó
una pava,
chiquitita y
voladora, en el
pico lleva flores,
y en el alma mis
amores!

Por Barbara Mariconda

Ilustrado por Sherry Rogers

El ratón Paquito recopiló toda una bolsa llena de cosas.
Su madre le dijo, "¡Ya basta, Paquito!

¡Vacía las cosas que has recopilado hoy!
¡Clasifícalas y guárdalas en otro sitio!"

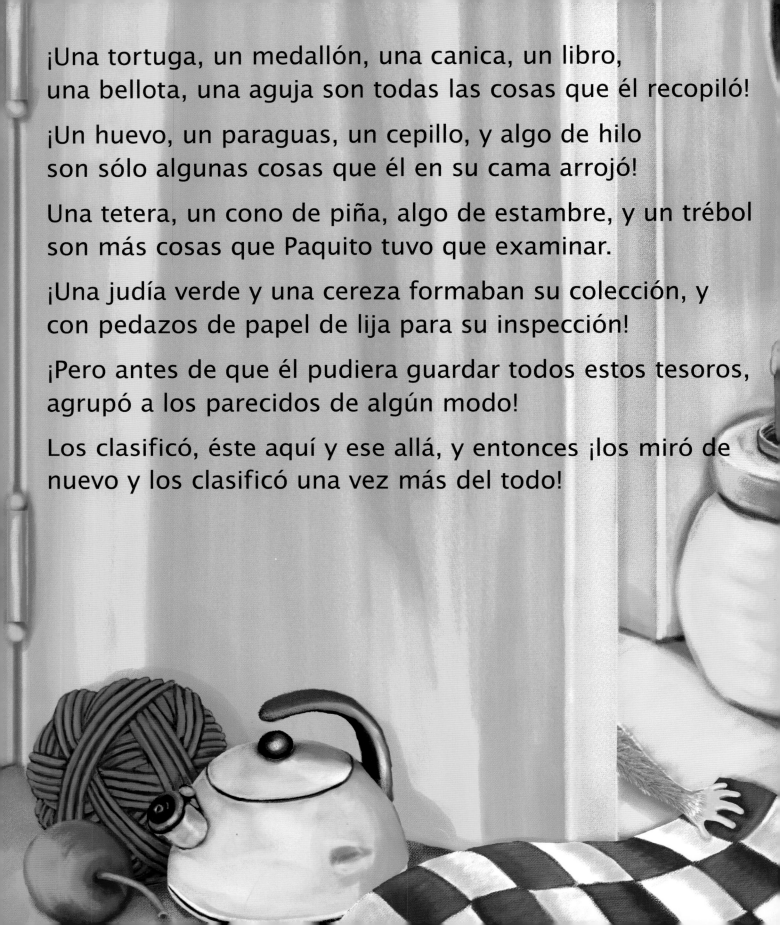

¡Una tortuga, un medallón, una canica, un libro,
una bellota, una aguja son todas las cosas que él recopiló!

¡Un huevo, un paraguas, un cepillo, y algo de hilo
son sólo algunas cosas que él en su cama arrojó!

Una tetera, un cono de piña, algo de estambre, y un trébol
son más cosas que Paquito tuvo que examinar.

¡Una judía verde y una cereza formaban su colección, y
con pedazos de papel de lija para su inspección!

¡Pero antes de que él pudiera guardar todos estos tesoros,
agrupó a los parecidos de algún modo!

Los clasificó, éste aquí y ese allá, y entonces ¡los miró de
nuevo y los clasificó una vez más del todo!

La tortuga, el trébol, la judía tan delgadita,
él los puso apilados en las cosas que son . . .

La tortuga, el huevo, y la bellota que se cayó,
son cosas con la parte externa dura como una . . .

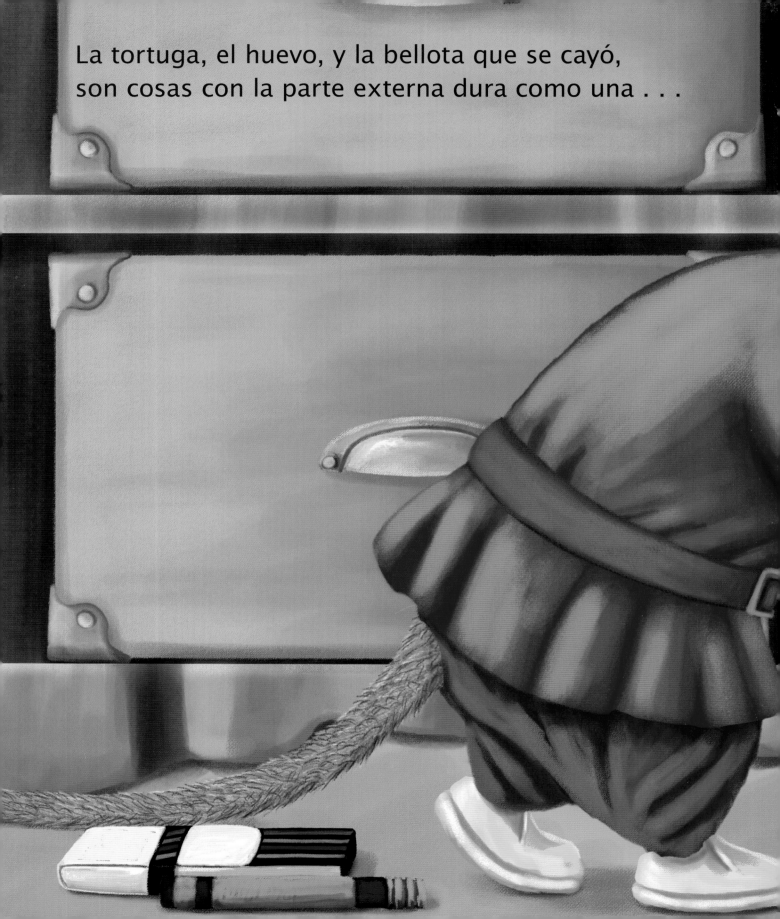

La bellota, el cono de piña, la cereza que tú ves,
todas estas cosas pueden ser arrancadas de un . . .

árbol

La cereza, la canica, el estambre enrollado apretadamente,
estos son ejemplos de cosas que son . . .

redondas

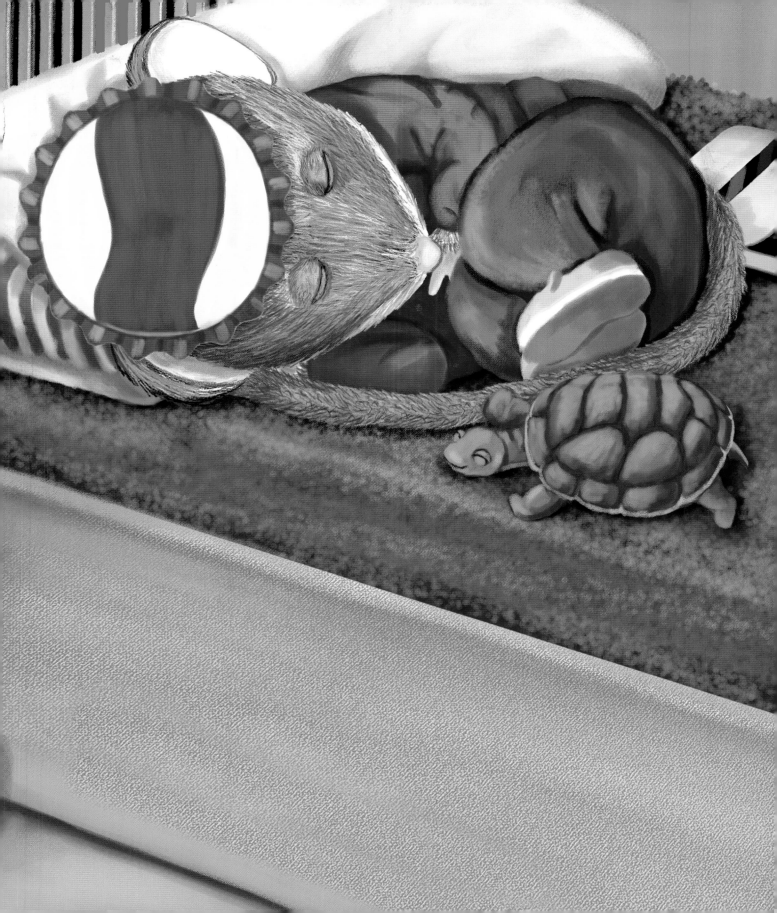

El estambre, el hilo y la aguja son, tú sabes,
las cosas que usamos cuando tejemos, bordamos, o . . .

cosemos

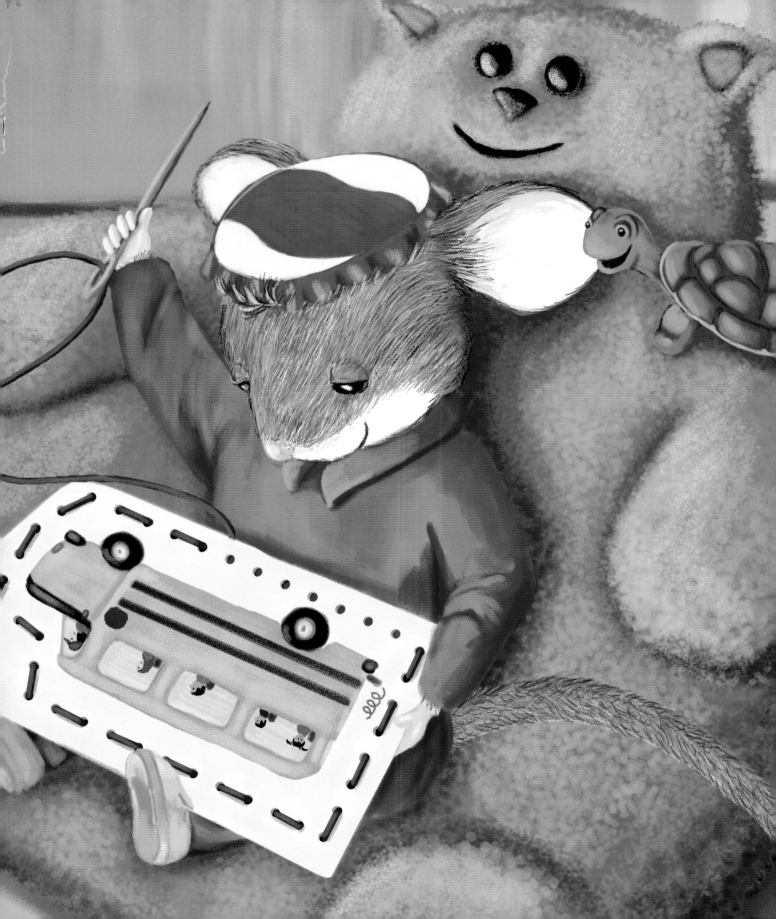

La aguja, el medallón, la tetera de estaño abollada, todas estas cosas son hechas de . . .

Por aquí pasó
una pava,
chiquitita y
voladora, en el
pico lleva flores,
y en el alma mis
amores!

El medallón, el paraguas, y el libro que él eligió,
estas son todas las cosas que tú puedes abrir y . . .

Cerrar

El papel de lija, el cono de piña, y el cepillo de dientes,
de seguro son algunas cosas que se sienten . . .

áspteras

Aún así, cuando él se sentó en su cuarto desordenado,
moviendo su cabeza, Paquito comenzó a refunfuñar.

Se rascó la cabeza, y dijo, "He estado pensando;
¿por qué parece que mi colección se está haciendo pequeña?"

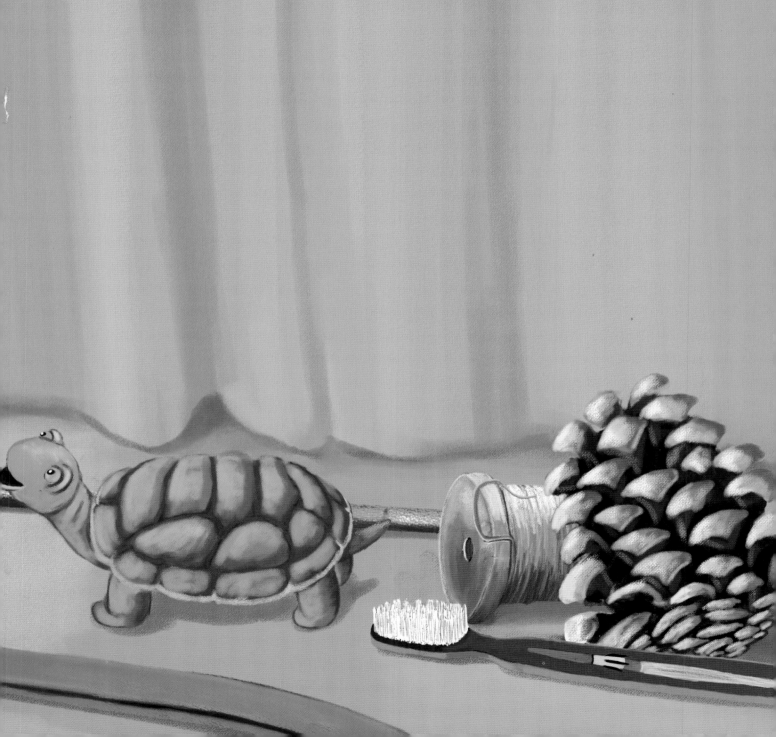

"¡Se ha perdido mi paraguas, el libro, y mi tetera!
¡El huevo y la cereza, mi estambre—Mamá ven y mira!"

Ella se encogió de hombros y apiló todas sus cosas,
todas aquellas que el tenía la intención de quedarse.

Pero entonces, sorpresivamente, cuando su madre terminó
descubrieron que su bolso también ¡desapareció!

Para Las Mentes Creativas

Dibujos escondidos

¿Cuántos artículos escondidos puedes encontrar en la primera página de la historia?: bloques del alfabeto, fichas de dominó, botones, lápices, clips de papel, dedal, rueda de madera, tapón de botella y canicas. ¿Cuáles otros artículos ves en el libro que Paquito ha coleccionado?

Ordenando, categorizando y clasificando

La gente ordena sus colecciones de diferentes maneras todo el tiempo. La lavandería se clasifica en la ropa clara y oscura o en algodón e inarrugable. Esto se llama "clasificación por atributos". Un atributo es una característica compartida por los artículos que tú agrupas juntos.

Copia o imprime de nuestra página Web y recorta las tarjetas de "Clasificación de Paquito". Mira de cuántas maneras diferentes puedes clasificarlas. Las tarjetas pueden ser copiadas utilizando una reducción y/o ampliación con el fin de proveer otro aspecto de clasificación por tamaño.

¿Pudiste clasificar la colección de Paquito en diferentes formas?

¿Qué atributos utilizaste para clasificar los artículos? Describe, ¿qué es lo que hace a los grupos ser diferentes? ¿Qué hace a los grupos ser similares?

¿Fue fácil clasificarlos en pequeños grupos?

¿Puedes hacer grupos más pequeños dentro de los grupos más grandes?

¿Habían ahí algunos artículos que no parecían pertenecer dentro de ningún grupo o que pertenecían dentro de más de uno? De ser así, ¿qué hiciste con ellos?

Describe o explica a alguien tus métodos de clasificación.

Haz una encuesta preguntando a miembros de la familia, amigos, y compañeros de clase cuál es su colección favorita. Haz una lista de los grupos desde el más al menos favorito.

Los científicos también clasifican las cosas en grupos

La primera pregunta que los científicos preguntan es si ésto "vive /vivió alguna vez" o "no vive." Si ésto vive, puede ser clasificado en grupos diferentes llamados "reinos", que incluyen las plantas o los animales entre otros. *¿Puedes clasificar las cosas de Paquito como una planta, un animal, o si no vive?*

- Mira los grupos y adivina cuál grupo es el que tiene más.

- Entonces cuenta cuántos están en cada grupo.

- Colorea el rectángulo de cada artículo en la sección apropiada del gráfico que haz copiado o descargado del internet.

- *¿Cuál es el que más tiene? ¿Adivinaste correctamente? ¿Cuál es el que menos tiene?*

	no vive	un animal	una planta
10			
9			
8			
7			
6			
5			
4			
3			
2			
1			

Las tarjetas de clasificación de Paquito

el cono de piña

la judía verde

la bellota

el libro

la canica

el trébol

el cepillo de dientes

el medallón

el papel de lija

la caldera

la aguja

el paraguas

la cereza

el huevo

el estambre

el hilo

Los escritores:

¡Los autores usan palabras para pintar cuadros! Las palabras que ellos eligen ayudan a los lectores a visualizar e imaginar las cosas importantes sobre las que ellos escribieron. Una forma de hacer ésto es referirse acosas importantes en distintas maneras. Ellos piensan en las características de los personajes, en los escenarios y objetos; y usan estas características en sus descripciones. Miremos entonces algunos objetos importantes que Paquito ha clasificado ¡y veamos si podemos llamarlos en diferentes formas! Por ejemplo, la canica: pequeña orbe de cristal, bola de cristal en miniatura, pequeño globo redondo. *¿Puedes pensar en otra forma interesante de decir "la canica?"*

Trata de usar "palabras referentes" para los siguientes objetos importantes que Paquito ha coleccionado. Una idea para cada una ha sido proporcionada para ti.

	Trébol	una planta de suerte de cuatro hojas
	Tortuga	una criatura con armazón
	Bellota	merienda de una ardilla
	Cereza	chistera de helado

Ahora que ya sabes cómo funciona, intenta esta habilidad cuando escribas o cuentes una historia.

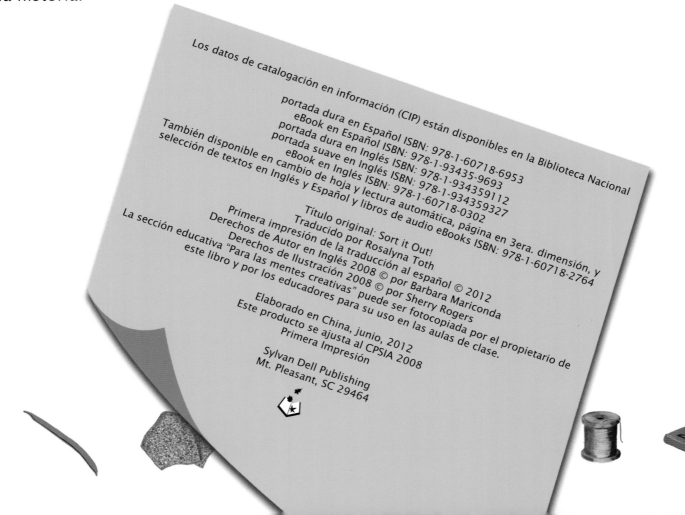

Los datos de catalogación en información (CIP) están disponibles en la Biblioteca Nacional

portada dura en Español ISBN: 978-1-60718-6953
eBook en Español ISBN: 978-1-93435-9693
portada dura en Inglés ISBN: 978-1-934359112
portada suave en Inglés ISBN: 978-1-934359327
eBook en Inglés ISBN: 978-1-60718-0302

También disponible en cambio de hoja y lectura automática, página en 3era. dimensión, y selección de textos en Inglés y Español y libros de audio eBooks ISBN: 978-1-60718-2764

Título original: Sort it Out!
Traducido por Rosalyna Toth
Primera impresión de la traducción al español © 2012
Derechos de Autor en Inglés 2008 © por Barbara Mariconda
Derechos de Ilustración 2008 © por Sherry Rogers
La sección educativa "Para las mentes creativas" puede ser fotocopiada por el propietario de este libro y por los educadores para su uso en las aulas de clase.

Elaborado en China, junio, 2012
Este producto se ajusta al CPSIA 2008
Primera Impresión

Sylvan Dell Publishing
Mt. Pleasant, SC 29464